Mister Gogo
King Kofi
Pinsel

Julia Boehme

Tafiti
und Ur-ur-ur-ur-ur-uropapas Goldschatz

Tafitis Welt:

Band 1: Tafiti und die Reise ans Ende der Welt
Band 2: Tafiti und das fliegende Pinselohrschwein
Band 3: Tafiti und das Riesenbaby
Band 4: Tafiti und Ur-ur-ur-ur-ur-uropapas Goldschatz
Band 5: Tafiti und ein heimlicher Held
Band 6: Tafiti und die Affenbande
Band 7: Tafiti und der Honigfrechdachs
Band 8: Tafiti und das große Feuer
Band 9: Tafiti und die doppelte Majestät
Band 10: Tafiti und das verschwundene Geburtstagskind
Band 11: Tafiti und das schlecht gelaunte Nashorn
Band 12: Tafiti und die Löwen-Schule
Band 13: Tafiti und die Savannen-Detektive
Band 14: Tafiti und das Geheimnis der Sterne
Band 15: Tafiti und die Geisterhöhle
Band 16: Tafiti und die Rettung der Gnus
Band 17: Tafiti und der große Zauberer
Band 18: Tafiti und die Expedition zum Halbmondsee
Band 19: Tafiti – Krokodil-Alarm am Wasserloch
Band 20: Tafiti und die wilde Bande
Band 21: Tafiti – King Kofi dreht durch
Band 22: Tafiti – Pinsel unter Verdacht
Band 23: Tafiti – Erdmännchen in Gefahr

Mit Tafiti lesen lernen:
Tafiti und der Löwe mit dem Wackelzahn
Tafiti – Nur Mut, kleine Fledermaus!
Tafiti schläft woanders

Tafiti – Die schönsten Vorlesegeschichten
Meine Freunde (Eintragbuch)
Tafiti – Mein Malbuch
Das große Tafiti-Liederalbum (Lieder-CD)
Tafitis Savannenparty – Lernspiele (App)

www.TafitisWelt.de

Julia Boehme

Tafiti

und Ur-ur-ur-ur-ur-uropapas Goldschatz

Band 4

Illustriert von Julia Ginsbach

Loewe

ISBN 978-3-7855-7823-0
5. Auflage 2025

Umschlag- und Innenillustrationen: Julia Ginsbach
Umschlaggestaltung: Elke Kohlmann

Druck und Bindung: DRUK - INTRO S.A.,
Swietokrzyska 32, 88-100 Inowroclaw, POLEN
produktsicherheit@loewe-verlag.de

www.TafitisWelt.de
www.loewe-verlag.de

Inhalt

Ein geheimnisvoller Brief

„Es ist ein ganz besonderer Tag“, meint Opapa am Morgen. „Denn heute vor vielen, vielen Jahren ist Ur-ur-ur-ur-ur-uropapa mit seiner Familie hierhergezogen.“

„Vorher haben sie eine lange, gefährliche Reise gemacht“, erklärt Tafiti seinem Freund Pinsel und seine Augen blitzen. „Eine Reise voller Abenteuer!“

„Wirklich?“ Pinsel wackelt aufgeregt mit den Ohren. Er liebt Abenteuer nämlich mindestens genauso wie Tafiti.

„Sie mussten umziehen!“, stellt Opapa klar. „Sie hatten keine andere Wahl. Ihr alter Bau war überschwemmt. Sonst wären sie niemals losgezogen. Eine Wanderung durch die Savanne ist für unsereins ja schrecklich gefährlich!“

Wie um Zustimmung zu erlangen, dreht sich Opapa zu Ur-ur-ur-ur-ur-uropapas Porträt um. „Na, so was, das Bild hängt ja schief!“

Er steht auf. Schließlich muss alles seine Ordnung haben. In dem Moment, als er es gerade rückt, passiert es: Ein großer Umschlag flattert zu Boden. Er war wohl hinter dem Bild versteckt.

„Nanu, ein Brief!“, ruft Tafiti und hebt den recht großen, ein wenig schmuddeligen Umschlag auf. Er dreht und wendet ihn. Es steht nichts darauf. Gar nichts!

„Na, mach schon auf!“, ruft sein Bruder Tutu aufgeregt.

Schon zieht Tafiti ein vergilbtes, zusammengefaltetes Blatt Papier hervor.

„Und?“ Pinsel, Omama, Opapa, Tutu und der kleine Baba, alle wollen es sehen. Vorsichtig faltet Tafiti den Zettel auseinander. Auf der einen Seite ist eine Karte gezeichnet. Die Rückseite ist bis auf den letzten Quadratmillimeter mit unzähligen, winzig kleinen Buchstaben vollgeschrieben.

Opapa schiebt die Brille zurecht. „Das gibt’s doch gar nicht. Das ist ein Brief von Ur-ur-ur-ur-ur-uropapa!“

„Los, lies vor!“, ruft Pinsel und wackelt gespannt mit den Ohren.

Opapa nimmt den Zettel, räuspert sich und beginnt zu lesen:

Meine Lieben,

dies hier ist eine wahre Geschichte! Wir lebten damals weiter im Süden beim großen See. Ihr werdet es nicht glauben, aber eines Tages fanden wir beim Graben eine alte Kiste. Mit klopfendem Herzen öffneten wir sie: Sie war randvoll mit Goldmünzen! Wir hatten einen echten Schatz gefunden!

Kurz darauf kam die schreckliche Katastrophe. Der große See schwoll an, trat über die Ufer und alles wurde überschwemmt: unser Garten, unsere Höhle – unser Zuhause! Wie durch ein Wunder kam keiner zu Schaden. Aber wir mussten uns eine neue

Bleibe suchen. Wir retteten vieles aus dem schlammigen Bau. Auch die Kiste mit dem Gold. Doch es war viel zu gefährlich, mit ihr durch die Lande zu ziehen. Hätte sie jemand entdeckt, man hätte uns überfallen! Da hatte ich eine Idee: Ich schmolz das Gold einfach um. So hatten wir auf unserer Reise keine Kiste mit Münzen dabei, sondern einen ganz normalen, wertlos erscheinenden Gebrauchsgegenstand. Ich malte ihn grün an, damit er nicht glänzte.

Dann zogen wir los, meisterten unzählige Abenteuer und schafften es hierher. Unseren Schatz haben wir draußen vergraben. Wollt ihr ihn finden? Die Karte weist euch den Weg!

Schatzkarte
35×
35×
35×

Umständlich dreht Opapa den Brief um. Gespannt beugen sich alle über die Karte.

„Da ist der Schatz!“ Feierlich legt Opapa seine Pfote auf ein großes rotes Kreuz.

„Aber wo ist da?“, fragt Tutu.

„Da ist, wo drei Bäume dicht beisammenstehen“, erklärt Tafiti andächtig.

„Drei Bäume? Wo mag das sein?“, wundert sich Omama.

„Am besten, wir suchen gleich mal los!“, ruft Tafiti abenteuerlustig. Schon schnappt er sich die Karte. „Komm, Pinsel, worauf wartest du?“

„HALT!“, dröhnt Opapa. „Kein Gold der Welt ist es wert, dass ihr euer Leben riskiert! Ihr wisst doch, was für Gefahren euch drohen, wenn ihr euch von unserem Bau entfernt!“

„Ja, schon“, sagt Tafiti. „Aber Pinsel passt ja auf mich auf. Wenn Mister Gogo im Anflug ist, verstecke ich mich – *schwupps* – unter seinem dicken Bauch.“

„Von wegen dick. Mein Bauch ist ganz normal!“ Pinsel grinst verlegen. „Vielleicht hilft er dir bei Mister Gogo. Aber vor King Kofi kann dich Pinsel nicht beschützen“, gibt Opapa zu bedenken. „Ihr zwei seid ein gefundenes Fressen für ihn!“

Pinsel schluckt. Einmal schon hat ihn der Löwe gefangen und er wäre als Schweinebraten geendet, wenn Tafiti ihn damals nicht gerettet hätte.

„Ach, King Kofi, mit dem werden wir schon fertig“, meint Tafiti leichthin.

„Na, ich weiß nicht“, murmelt Pinsel.

„Denk an den Schatz“, wispert Tafiti. „Und an die Abenteuer!“

Abenteuer? Ja! Pinsel nickt. „Wir passen auf, wie immer“, verspricht er grunzend.

Aus Omamas Gartenschuppen holen sie sich zwei Spaten und schon ziehen die Freunde los.

Schatzsuche mit Umleitung

„Weißt du, wo drei Bäume dicht beisammenstehen?“, fragt Pinsel.

„Nö“, sagt Tafiti. „Aber es muss irgendwo in der Nähe sein. Erdmännchen gehen nie weit von ihrem Bau weg. Zumindest, wenn sie nicht Tafiti heißen“, meint er und zwinkert Pinsel zu.

So suchen sie erst einmal die nächste Umgebung ab. Hier und da wächst ein einzelner Baum. Selten stehen mal zwei beieinander. Aber drei Bäume, so wie auf der Schatzkarte, können sie nirgends entdecken.

„Ganz nah ist es wohl doch nicht“, brummelt Pinsel.

„Ur-ur-ur-ur-ur-uropapa war auch ungewöhnlich mutig“, gibt Tafiti zu. „Genau wie wir!“

Pinsel grinst. „Stimmt, genau wie wir“, grunzt er und zieht mit Tafiti immer weitere Kreise um die Erdmännchenhöhle.

Und noch jemand zieht seine Kreise – und zwar hoch oben am Himmel. Raketengleich stürzt Mister Gogo plötzlich auf sie herunter. Doch Tafiti ist noch schneller. *Wupps!* – schon ist er unter Pinsels Bauch verschwunden.

„Mist!“, flucht der Adler. „So eine Unverschämtheit. Erdmännchen sollten nicht mit Schweinen befreundet sein! Das ist gegen die Regeln! Merkt euch das!“

„He, Mister Gogo!“, ruft Tafiti frech. „Du kannst uns mal einen Gefallen tun und gucken, ob du von da oben drei Bäume siehst, die dicht beisammenstehen?“

„Hä, geht's noch?“, krächzt Mister Gogo empört. „Trickst mich mit deinem dicken Schweinefreund aus und dann soll ich euch noch helfen? Nicht eine Feder krümm ich für euch!“, schreit er beleidigt und zieht schleunigst ab.

„Das merk ich mir“, kichert Pinsel. „Wenn ich Mister Gogo loswerden will, bitte ich ihn einfach um Hilfe!“

Gut gelaunt marschieren die beiden weiter. Und dann, hinter einem kleinen Hügel, stehen wirklich drei Bäume dicht zusammen.

„Juhu!“ Tafiti und Pinsel liegen sich in den Armen.

Tafiti faltet die Schatzkarte auseinander. „Der Schatz liegt exakt zwischen den drei Bäumen. Vom größten aus sind es genau 35 Schritte. Das messe ich gleich mal nach!“, ruft er.

Schon hat er den großen Baum erreicht. „Eins“, zählt er, „zwei, drei …“

Pinsel läuft neben ihm her und zählt leise mit.

„… 34, 35!“ Tafiti macht einen letzten großen Schritt. „So, hier muss es sein!“

„Na ja, aber …“, druckst Pinsel auf einmal herum. „Ich hab’s genau abgemessen. Es sind schließlich Erdmännchen-Schritte, keine Schweine-Schritte!“

„Schon“, nuschelt Pinsel. „Aber guck doch mal, wo wir hier sind.“

Tafiti dreht sich einmal um die eigene Achse. „Wo sollen wir hier sein? Mitten in Afrika, denk ich mal!“

„Schau mal nach unten. Wir stehen auf einem Pfad. Einem Privatpfad, um genau zu sein, und dieser Pfad gehört …“ Weiter kommt Pinsel nicht. Die Erde beginnt zu zittern: *wumms, wumms, wumms.* Erst leise, dann immer lauter. *WUMMS, WUMMS, WUMMS!*

„Mach Platz!“, quiekt Pinsel und zieht Tafiti zur Seite. Denn da kommt, wie eine riesige Lokomotive, ein Koloss angerauscht. Und der Pfad, auf dem Pinsel und Tafiti noch vor wenigen Sekunden gestanden

haben, ist sein Gleis. *WUMMS, WUMMS, WUSCH!,* ist er vorbei.

Hätte Pinsel seinen Freund nicht festgehalten, Tafiti wäre vom Fahrtwind davongeweht worden.

„Upps“, keucht er. Jetzt weiß er, was Pinsel meint: „Das ist wirklich keine ideale Stelle, um zu graben!“

Die beiden Freunde schauen sich an. Aber Tafiti wäre nicht Tafiti, wenn er sich aufhalten ließe. Schon gar nicht von einem vorbeiwalzenden Nashorn. Und wenn sein Horn noch so groß und spitz ist!

„Jede Straße wird mal gesperrt“, meint er. „Was wir brauchen, ist eine Umleitung!“

Bevor sie also nach ihrem Schatz graben können, haben Tafiti und Pinsel alle Pfoten und Hufe voll zu tun: Sie malen Schilder, bauen eine recht robuste Absperrung und vor allem eine nashorngerechte Umleitung!

Kaum ist der neue Trampelpfad fertig, bebt schon wieder die Erde.

„Er kommt!“, brüllt Pinsel.

Und tatsächlich: Norbert Nashorn ist im Anmarsch. Aus sicherer Entfernung schauen die beiden, was passiert.

Norbert kommt angedonnert und bremst ab. Eine riesige rote Staubwolke steigt zum Himmel. Norbert Nashorn schnaubt verächtlich. Tafiti und Pinsel halten die Luft an. Bestimmt nimmt er jetzt die Absperrung aufs Horn und schleudert sie kilometerweit in die Savanne! Aber nichts da: Eingenebelt vom Staub muss Norbert niesen. Pinsel fliegen fast die Ohren weg! Norbert schüttelt sich, scharrt mit den Hufen – und nimmt die Umleitung. Einfach so!

„Jippie!“ Tafiti und Pinsel klatschen ab.

Ihrer Schatzsuche steht nun nichts mehr im Weg.

In der Falle

Tafiti wirft Pinsel eine Schaufel zu. „Also los, jetzt wird gebuddelt!“

Die beiden graben, was das Zeug hält.

„Sicher hat Ur-ur-ur-ur-ur-uropapa den Schatz ganz tief vergraben“, vermutet Tafiti. „Damit ihn niemand aus Versehen findet.“

„Bestimmt“, schnauft Pinsel.

Unter der heißen Sonne Afrikas kommen sie ordentlich ins Schwitzen. Doch den beiden Freunden ist das egal. Sie schaufeln unermüdlich weiter. Trotzdem hält Pinsel beim Graben ständig seine Ohren gespitzt. Sie müssen auf der Hut sein. Nicht nur vor einem ungeduldigen Norbert, auch sonst könnten sie unliebsamen Besuch bekommen. Und hier unten in der Kuhle säßen sie in der Falle. Doch alles, was Pinsel hört, sind ein paar Vögel und der Wind, der durch die Gräser streift.

So wird das Loch tiefer und tiefer und tiefer.

Und der Erdhaufen draußen höher und höher und höher. Die beiden buddeln und graben. Bis auf einmal der Sand, den sie mit ihrer Schippe nach oben schleudern, auf sie zurückrieselt. Weil sie nämlich gar nicht mehr hoch genug werfen können: So tief unten sind sie schon!

Pinsel und Tafiti schauen sich an. Dann schauen sie nach oben.

„Huch!“, grunzt Pinsel.

„Upps!“, macht Tafiti.

Sie sitzen in einem tiefen, tiefen Erdloch mit hohen, steilen Wänden. So steil, dass man unmöglich daran hinaufklettern kann.

„Ich glaub, hier ist der Schatz nicht vergraben“, sagt Pinsel.

„Nee, war wohl doch die falsche Stelle“, gibt Tafiti zu.

Denn sooo ein tiefes Loch hätte selbst Ur-ur-ur-ur-ur-uropapa nicht gebuddelt.

„Und jetzt?“, schnauft Pinsel und seine Ohren zittern ein bisschen. „Wie kommen wir hier jemals wieder raus?“

Tafiti muss nicht einmal nachdenken.

„Ganz einfach“, meint er lässig. „Ich grab einen Notausgang.“

Erdmännchen können so was. Nicht mal eine Schaufel brauchen sie dazu. Schon legt Tafiti los. Und nach nicht allzu langer Zeit hat er es geschafft: Ein kleiner, gewundener Gang führt nach oben, in die Freiheit.

Für Erdmännchen ist er gerade richtig. Für Pinselohrschweine ist er allerdings viel, viel, viel zu klein! Gerade mal Pinsels Schnauze passt hinein …

„Und ich?“, grunzt er kläglich, als Tafiti ihm von oben zuwinkt.

„Keine Sorge, ich hol dich schon raus“, verspricht der. „Du musst bloß ein klitzekleines Momentchen warten!“

„HALT, KOMM ZURÜCK!“, brüllt Pinsel.

Aber da ist Tafiti schon

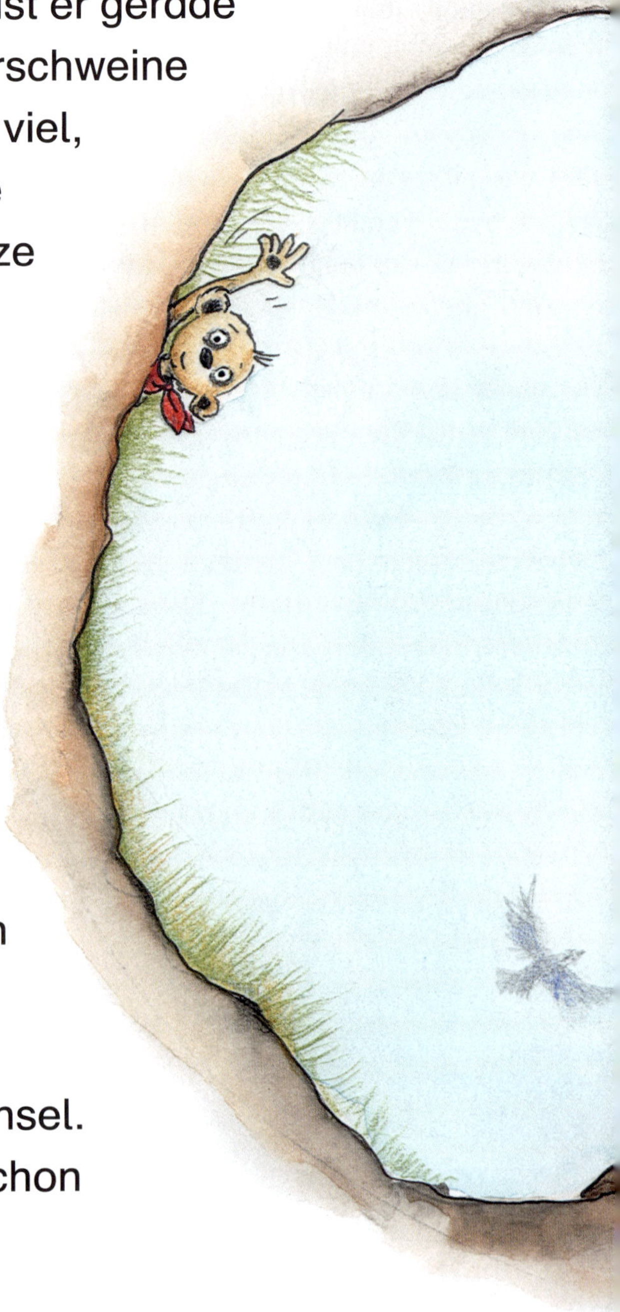

verschwunden und Pinsel sitzt ganz allein im Erdloch rum. Ohne seinen Freund Tafiti ist es ihm auf einmal sehr unbehaglich hier unten. Vor allem, als plötzlich die Erde zu zittern beginnt: *wumms, wumms, wumms*. Erst leise, dann immer lauter. *WUMMS, WUMMS, WUMMS!* Und dann: *RUMMSDIBUMMS-DIWUMMS*. Holz kracht und splittert! „Das war wohl die Absperrung“, durchzuckt es Pinsel.

Und recht hat er: Norbert Nashorn hat sie einfach aufs Horn genommen und durch die Gegend geschleudert. Im nächsten Moment steckt er sein riesiges Horn in die Grube und schaut zu Pinsel herunter.

„Nur gut, dass wir so tief gegraben haben“, denkt Pinsel verzweifelt. Sonst hätte ihn Norbert wohl versehentlich aufgespießt.

„Hallo, Norbert“, grüßt Pinsel mit zitternder Stimme. „Schönes Wetter heute!“

Norbert schnaubt bloß. Er ist kein Freund großer Worte. Aber er hat genug von der Baustelle. So viel ist klar!

„Wir schütten auch alles wieder zu“, nuschelt Pinsel kleinlaut.

Norbert schnaubt gleich noch mal. Und Pinsel spürt seinen heißen, feuchten Atem.

„Ehrlich, sobald ich draußen bin“, stottert Pinsel.

Norbert funkelt ihn mit seinen kleinen grauen Augen an. Dann zieht er sein riesiges Horn aus der Grube und trabt – *WUMMS, WUMMS, WUMMS* – davon.

Puh! Pinsels Herz schlägt mindestens so laut, wie Norberts Nashornstampfen tönt. Hoffentlich kommt Tafiti bald zurück!

Ab durch die Mitte

Tafiti ist schon auf dem Weg. Die große Leiter schleppt er auf dem Rücken. Für seinen Freund Pinsel ist ihm nichts zu schwer.

„Juhu! Hallöchen!“, ruft es plötzlich von oben.

Tafiti schluckt. Das kann nur Mister Gogo sein!

Und wirklich, hoch über ihm zieht der Adler eine elegante Schleife. „Mal ohne den Schweinefreund unterwegs, was?“, krächzt er gut gelaunt. „Pech für dich, mein Lieber!“

Und damit lässt sich Mister Gogo, wie es so seine Art ist, vom Himmel fallen.

Tafiti denkt nicht lange nach. Er beugt sich vor und beginnt, sich zu drehen. Die Leiter auf seinem Rücken dreht sich mit. Schneller und schneller – wie ein riesiger Propeller.

„HIIILFE!" Mister Gogo kratzt in letzter Sekunde die Kurve. Nicht ohne ein paar Federn zu lassen.

„Das ist ja lebensgefährlich!", kreischt er und flattert in die Höhe. „Wohl verrückt geworden? So ein mieser Trick! Das ist hundsgemein – äh, erdmännchengemein!"

Und damit fliegt er schimpfend davon.

„Puh!", japst Tafiti.

Jetzt aber schnell zu Pinsel! Zum Glück ist es bis zu den drei Bäumen nicht mehr weit.

„Da bist du ja!“, freut sich Pinsel wenig später. Sprosse für Sprosse klettert er vorsichtig die Leiter nach oben. „Geschafft! Dem Himmel sei Dank!“, grunzt er glücklich und zieht die Leiter hoch. „Lass uns mal schnell das Loch zubuddeln, bevor da noch jemand reinfällt. Norbert hat aus der Absperrung nämlich Kleinholz gemacht!“

„Okay, dann los!“ Tafiti schnappt sich seine Schaufel.

Die beiden haben kaum angefangen, als hinter ihnen Zweige knacken.

„Ho, ho, ho!“, lacht es heiser.

Tafiti und Pinsel wirbeln herum. King Kofi steht nur wenige Löwensprünge von ihnen entfernt.

„*f*Super“, lispelt er begeistert. „Da i*f*st ja *f*schon mein Mittage*f*ssen! *f*Schweine*f*schinken al*f*s Haupt*f*spei*f*se und al*f*s Nach*f*spei*f*se gibt'*f*s knu*f*sprige*f*s Erdmännchen am *f*Spie*f*ß!“ Er schleckt sich grinsend sein riesiges Maul. „Jet*f*zt brauche ich nur noch eine *f*Serviette!“

„Erst mal musst du uns fangen! Versuch's doch!“, ruft Tafiti frech und streckt ihm die Zunge raus.

„Nicht*f*s leichter al*f*s da*f*s!“

Schon setzt King Kofi zum Sprung an.

„Bist du völlig bekloppt?“, fährt Pinsel Tafiti an.

„Ich zähl bis drei und dann springst du zur Seite“, raunt Tafiti ihm zu. „Eins, zwei …“

Und bei „DREI!“ springt Pinsel nach rechts, Tafiti nach links und King Kofi geradeaus: *WOMPS*, kracht er mitten in die Grube!

„AUT*f*SCH!“, brüllt er. „*f*Spinnengift und *f*Schlangen*f*spucke! Holt mich rau*f*s – *f*sofort!“

„Damit du uns frisst?“, fragt Pinsel.
„Niemals!“

„Euch *f*zeig ich’*f*s!“ King Kofi beginnt wie bekloppt, die steilen Wände hochzuspringen. Doch die sind selbst für ihn zu hoch.

Tafiti beugt sich über die Grube. „Pech gehabt, Majestät. Mittagessen fällt heute wohl aus!“

„*f*SO EINE ELEFANTENKACKE!“ King Kofi brüllt, dass der Boden wackelt.

„Wusste gar nicht, dass so große Tiere wie Sie, Majestät, so fluchen können“, stellt Pinsel kichernd fest.

„RETTET MICH! RETTET KING KOFI! IRGENDWER! *f*SOFORT!“, dröhnt King Kofi aus seinem Gefängnis.

„Lass uns lieber abhauen“, meint Pinsel. „Da kommt bestimmt gleich einer!“

„Das will ich sehen“, piepst Tafiti aufgeregt. Blitzschnell schiebt er die Leiter ins Gebüsch und zieht auch Pinsel hinter sich her ins Versteck. „Ich wette, es kommt niemand. Kein Einziger!“

Und Tafiti hat recht. King Kofi brüllt und schreit, doch es kommt einfach keiner. Nicht mal die Hyänen, die sonst immer um den König herumscharwenzeln.

„*f*Schmach und *f*Schande“, donnert King Kofi wütend. „Kein *f*Schwein kommt und rettet mich!“

„Welches Schwein sollte auch so doof sein?“, grunzt Pinsel vergnügt.

„Ich bin *f*so wa*f*s von *f*SAUER“, grölt King Kofi. „Wenn ich drau*f*ßen bin, fre*f*ss ich euch alle. ALLE!“

„Jetzt kommt erst recht keiner!“, kichert Tafiti. Und damit hat er natürlich recht.

King Kofi schimpft, brüllt, flucht, droht, wettert, schnaubt, grollt, grölt und tobt – bis irgendwann nur noch ein raues Krächzen erklingt.

„Auch König und Kaiser werden mal heiser“, reimt Pinsel und grinst.

Tafiti kratzt sich nachdenklich das Fell. „Wir können ihn da unten doch nicht wirklich versauern lassen!“

„Niiicht?“ Pinsel zieht das Wort wie Kaugummi auseinander und klimpert unschuldig mit den Augen.

„Nee!“, meint Tafiti kurz und knapp. „Können wir nicht!“

„Aber kaum holen wir ihn raus, frisst er uns“, gibt Pinsel zu bedenken.

„Nicht unbedingt“, flüstert Tafiti.

„Hä? Wie soll das denn gehen?“, wundert sich Pinsel.

Tafiti grinst. „Na, rate mal!“

„Das geht nur …“, Pinsel überlegt, „wenn King Kofi einen Maulkorb trägt!“

Tafiti schüttelt den Kopf.

Pinsel legt die Stirn in Falten. „Wenn wir ihm alle Zähne ziehen?“

„Also, wirklich.“ Tafiti rollt mit den Augen. „Wenn er satt ist. So richtig pappsatt, dass nichts mehr reinpasst. Nicht mal ein Nachtisch.“

„Ja, das ist es!“ Pinsel wackelt fröhlich mit den Ohren. „Los, wir holen Essen!“

Sie schieben die Leiter noch ein bisschen tiefer ins Gebüsch. Und während King Kofi in seiner Kuhle weiter vor sich hin krächzt, machen sie sich auf den Weg.

Ein Festmenü für Seine Majestät

„King Kofi gefangen in einer Grube?“, fragt Tutu zu Hause. „Können wir ihn nicht da drinnen lassen?“

„Besser wär’s“, meint Opapa. „Doch wenn wir’s täten, wären wir keinen Deut besser als er. Aber wir sind besser: Wir sind Erdmännchen!“

Pinsel reckt seinen Rüssel.

„Und Ehren-Erdmännchen“, ergänzt Opapa schnell. „Und die helfen Tieren in Not. Egal was für Halunken sie auch sein mögen.“

Alle finden Tafitis Idee gut: King Kofi muss pappsatt sein, bevor er freigelassen wird.

„Dann ran an den Speck!“, ruft Omama und schließt die Speisekammer auf.

Tafiti und Pinsel packen zusammen, so viel sie tragen können. Dabei muss natürlich hier und da probiert werden.

„Hungrige Schweine können auch sehr gefährlich werden“, behauptet Pinsel schmatzend und beißt gleich noch einmal vom Kuchen ab.

„Jetzt aber los“, drängt Omama. „Nicht dass euch noch jemand zuvorkommt und King Kofi hungrig freilässt!“

„Nicht auszudenken!“, ruft Tutu erschrocken und hält sich die Pfoten vors Gesicht.

„Wir gehen ja schon“, beruhigt ihn Tafiti und schultert ein großes Bündel.

Das meiste aber trägt Pinsel auf seinem starken Rücken.

Als sie zu den drei Bäumen kommen, schaut er sich ängstlich um. „Was, wenn King Kofi schon draußen ist?“

Aber da hören die beiden Seine Majestät King Kofi immer noch vor sich hin krächzen.

„Ich armer *f*Schlucker“, jammert er. „*f*So allein, *f*soll da*f*s mein Ende *f*sein?“

„Nee, das ist erst der Anfang“, sagt Tafiti und grinst zum Löwen nach unten. „Hier, fang auf!“

Verdutzt schnüffelt der König an dem Essensbündel. „Kuchen, Pa*f*stete, ich bin gerettet!“, winselt er erfreut.

„Hier kommt noch mehr!“, ruft Pinsel. „Fress-pakete ahoi!“

„Kö*f*stlich!“ Von unten hört man es nur noch schmatzen.

Und dann – ein wenig später – stöhnen. „Uff, mein Bauch! Ich plat*f*ze gleich! Oje, wie *f*schön!“

Pinsel und Tafiti schauen sich an: Es ist Zeit für die Leiter!

„Ach herrje“, schnauft der König, als er mühsam Sprosse um Sprosse erklimmt. Mit einem dicken, vollgeschlagenen Bauch gar nicht so einfach.

Kaum ist er oben, schleppt er sich zum nächsten Baum, legt sich in den Schatten und schläft sofort ein.

Pinsel und Tafiti hat er nicht mal angeschaut.

„Gute Gelegenheit, das Loch zuzubuddeln“, flüstert Pinsel.

„Stimmt!“ Tafiti sieht ein letztes Mal in die Grube. Dort liegen nur noch ein paar Krümel. King Kofi hat ganze Arbeit geleistet.

„Schade, dass wir den Schatz nicht gefunden haben“, seufzt er.

„Ach, den finden wir schon irgendwann“, sagt Pinsel. „Es waren wohl einfach nicht die richtigen Bäume!“

Tafiti nickt und wirft die erste Schippe Sand ins Loch.

Und schneller, als sie sie ausgebuddelt haben, ist die Grube wieder zugeschüttet.

King Kofi schnarcht immer noch, als sich die beiden Freunde auf den Heimweg machen.

Das Geheimnis der Süßkartoffeln

„Ach, da seid ihr ja wieder“, freut sich Omama. „Hat alles geklappt?“

„Logo!“, meint Tafiti lässig.

„Dann könnt ihr gleich weiterbuddeln!“

„Was?“ Eigentlich haben Pinsel und Tafiti für heute genug geschaufelt.

„Na ja, unsere ganzen Vorräte sind alle“, erklärt Omama. „Jetzt brauche ich Süßkartoffeln fürs Abendbrot. Oder wollt ihr etwa nichts essen?“

„Doch!“, grunzt Pinsel und schleckt sich die Schnauze. „Komm, Tafiti, das geht ganz schnell!“

Süßkartoffelauflauf ist nämlich Omamas Spezialität. Und ganz zufällig: Pinsels Leibspeise!

„Süßkartoffeln muss man mit Gefühl ausgraben“, erklärt Pinsel und steckt statt der Schaufel seine Schnauze in die weiche Erde. Genüsslich schnüffelnd wühlt er darin herum. „Hier habe ich schon eine und da ist die nächste!“

Tafiti muss keine Pfote rühren.

Pinsel gräbt immer weiter und befördert eine Süßkartoffel nach der anderen ans Tageslicht.

„Autsch!“, ruft er plötzlich und reibt seine Schnauze. „Da ist was Hartes! Ein Stein oder so!“

Tafiti beugt sich über Pinsels Loch. „Was ist das?“

Etwas großes Grünes steckt in der Erde. Vorsichtig legt er es mit den Pfoten frei.

„Eine Gießkanne?“, staunt er. „Wer hat die denn verbuddelt?“

„Hemhem“, räuspert sich da jemand. Eine Maus hat sich vor der Gießkanne aufgebaut. Sie muss wohl aus der Tülle gekrochen sein. „Entschuldigen Sie die Frage“, piepst sie aufgeregt, „aber was haben Sie vor?“

„Wir schauen nur, was hier unter den Süßkartoffeln vergraben liegt“, antwortet Tafiti verdattert.

„Unser Zuhause“, erklärt die Maus. „Wir wohnen hier. Solide Metallkonstruktion, krallensicher, mit Haupteingang und Notausgang.“

„Aha“, nickt Tafiti.

„Schau doch mal“, meldet sich Pinsel. Er zeigt auf einen Kratzer an der grünen Gießkanne. Der Kratzer schimmert gelbgolden.

„Ja, ja“, piepst die Maus. „Innen hat es auch diesen warmen Goldton. Ausgezeichnete Wohnatmosphäre.“

Tafiti sieht genauer hin. „Das ist nicht nur ein Goldton, das IST Gold – grün lackiert.“

„Tja, mag schon sein.“ Die Maus zuckt mit den Schultern.

Tafiti zieht Ur-ur-ur-ur-ur-uropapas Brief hervor:

> Ich schmolz das Gold einfach um. So hatten wir auf unserer Reise keine Kiste mit Münzen dabei, sondern einen ganz normalen, wertlos erscheinenden Gebrauchsgegenstand. Ich malte ihn grün an, damit er nicht glänzte.

„Das ist der Schatz! Ur-ur-ur-ur-ur-uropapas Goldschatz!“, jubelt er. „Und wir haben ihn gefunden! Obwohl der Plan hinten und vorne nicht stimmt!“

Tafiti betrachtet noch einmal die Karte und schaut sich um. Auf einmal stutzt er.

„Da sind ja die drei Bäume von Ur-ur-ur-ur-ur-uropapas Karte. Die Akazie, der Baum der Webervögel und da!“ Er zeigt auf den alten ausgehöhlten Baumstumpf, den Omama als Geräteschuppen nutzt. „Nur weil der eine schon abgestorben ist, haben wir’s nicht erkannt!“

Er hält Pinsel die Schatzkarte unter dessen erdverschmierte Schnauze.

„Tatsächlich“, grunzt er. „Der Schatz! Wir haben ihn!“

„JUPPYDUPPYDU!“ Pinsel und Tafiti tanzen vor Freude und strahlen dabei wie die Äquatorsonne. Dann sausen sie los und holen Omama und Opapa und Tutu und Baba. Alle sollen sie den Schatz sehen.

„Wahnsinn!“, japst Tutu.

„Nein, wirklich!“ Omama schüttelt fassungslos den Kopf.

„Unglaublich!“ Opapa streicht vorsichtig über den grünen Bauch der goldenen Gießkanne.

„Haben!“, lallt Baba sein neuestes Lieblingswort und streckt die kleinen Pfötchen aus.

Tafiti und Pinsel platzen fast vor Stolz.

„Hemhem“, räuspert sich die Maus erneut. „Vielleicht darf ich Ihnen meine Familie vorstellen?“

Ein Mäusekind nach dem anderen klettert aus der Gießkannentülle. Eins kleiner als das nächste – acht Stück. Tafiti zählt unwillkürlich mit. Und am Schluss kommt Mama-Maus mit noch zwei Babys auf dem Arm.

„Wünschen Sie wirklich, dass wir umziehen?“, fragt der Mäusepapa.

Die Mäusekinder gucken Tafiti und Pinsel mit großen, dunklen, feuchten Augen an.

„Wir wollen nicht umziehen“, schnieft das eine.

„Nicht?“ Tafiti und Pinsel schauen zu Opapa hinüber.

„Das müsst ihr entscheiden“, meint dieser. „Ihr habt den Schatz gefunden!“

Tafiti kratzt sich verlegen. „Was wollen wir eigentlich mit einer goldenen Gießkanne?“

„Hast recht.“ Pinsel wackelt mit den Ohren. „Was sollen wir schon damit?“

„Ich hab doch meine aus Blech“, sagt Omama eifrig.

Tafiti betrachtet die Mäusekinder, die sich schüchtern um ihre Eltern scharen. „So einen Schatz kann man sich ja nicht einfach ins Wohnzimmer stellen. Man muss ihn irgendwo vergraben.“ Sein Schwanz schlägt nachdenklich hin und her. „Da können wir ihn auch gleich hierlassen.“

„Klar, warum nicht?“ Pinsel nickt. „Hier liegt er doch gut uuund …“, Pinsel beginnt schon wieder zu strahlen, „hier haben wir sogar eine ganze Wachmannschaft. Zwölf aufgeweckte Wachleute, die unseren Schatz bewachen. Was will man mehr?“

„Ja, ja, ja!“, jubeln die Mäuse los. „Wir bewachen den Schatz! Für immer und ewig, wenn ihr wollt!“

„Klar wollen wir!“, sagt Tafiti.

„Dann schütten wir das Loch am besten schnell wieder zu“, schlägt Pinsel vor.

Und das machen sie dann auch.

Noch ein Schatz

„Ich hätte mich niemals anders entschieden", meint Tafiti am Abend. „Aber ein bisschen schade ist es ja doch. Ich meine, wenn man schon mal einen Schatz findet …"

„Ach, mach dir nichts draus", tröstet ihn Pinsel. „Beim nächsten Mal ist alles anders!"

„Beim nächsten Mal?" Tafiti kichert. „Du glaubst doch nicht wirklich, dass wir noch eine Schatzkarte finden. Nie im Leben!"

Aber Pinsel wackelt nur mit den Ohren. „Och, man kann nie wissen!"

Am nächsten Morgen beim Frühstück schüttelt Opapa den Kopf. „Na, so was, Ur-ur-ur-ur-ur-uropapas Bild hängt schon wieder schief. Kannst du es nicht mal gerade rücken, Tafiti?“

Tafiti steht auf und schiebt es zurecht. Und da passiert es: Ein großer Umschlag flattert auf die Erde. Er ist etwas kleiner als der Brief von Ur-ur-ur-ur-ur-uropapa und gar nicht schmuddelig. Aber darin ist wieder eine Schatzkarte.

„Nanu?“, wundert sich Tafiti und legt seine Pfote auf das große rote Kreuz.

Omama lächelt. „Da musst du wohl gleich noch mal auf Schatzsuche gehen.“

„Das mach ich auch!“ Tafiti lässt Frühstück Frühstück sein. „Los, Pinsel, kommst du?“

„Na klar!“, nuschelt Pinsel ein wenig verschlafen und gähnt. Merkwürdig, sonst ist er morgens eigentlich nie müde.

Aber Tafiti hat keine Zeit, darüber nachzudenken. Er will den Schatz finden. Wenn er die Karte richtig liest, dann muss der ganz in der Nähe von Omamas Geräteschuppen sein.

Und wirklich: Hinter dem Schuppen, tief im Gebüsch versteckt, steht eine Kiste!

Tafiti öffnet sie an Ort und Stelle.

„Ohooo!“, staunt er.

In der Kiste ist zwar kein Gold, dafür aber leckerer Schokoladenkuchen nach Omamas Geheimrezept. Und noch etwas ist darin: ein wunderbares Bild. Und darauf ist Tafiti gemalt, mit Pinsel, Omama und Opapa, Baba und Tutu. Und ihnen zu Pfoten liegt die grüne Goldkanne, bewacht von der Mäusefamilie.

„Ist das schön!“, flüstert Tafiti andächtig.

„Als Erinnerung an unser Abenteuer!“, grunzt Pinsel. Denn niemand anderes hat dieses wunderschöne Gemälde gemalt. Wenn man genau schaut, sieht man sogar noch etwas grüne Farbe an seinen Pinselohren.

„Ein Schatz, den man behalten kann“, erklärt Omama.

„Alles davon lässt sich aber nicht sehr lange behalten“, meint Tafiti und schielt auf den Kuchen.

Der hält genau bis nachmittags um kurz nach drei. Da nämlich kommt Familie Maus zum Kaffee.

Alle schmausen den Kuchen und bestaunen Pinsels Bild, das nun neben Ur-ur-ur-ur-ur-uropapas Porträt hängt.

„Jetzt kannst du den Schatz immer sehen, wenn du willst", sagt Pinsel.

„Deine Schätze, wolltest du wohl sagen", schmunzelt Omama.

„Stimmt!" Tafiti grinst. „Und die Schätze mit Fell und Ohren sind mir sowieso die liebsten!"

Julia Boehme wurde 1966 in Bremen geboren. Sie studierte Literatur- und Musikwissenschaft und arbeitete danach als Redakteurin beim Kinderfernsehen. Eines Tages fiel ihr ein, dass sie als Kind unbedingt Schriftstellerin werden wollte. Wie konnte sie das bloß vergessen? Auf der Stelle beschloss sie, jetzt nur noch zu schreiben. Seitdem denkt sie sich ein Kinderbuch nach dem anderen aus.

Julia Ginsbach wurde 1967 in Darmstadt geboren. Nach ihrer Schulzeit studierte sie in Heidelberg und Frankfurt Musik, Kunst und Germanistik. Heute lebt sie mit ihrer Familie, vielen Tieren, Pinseln, Farben, Papier und ihrer Geige in einem alten Haus in Norddeutschland und arbeitet als freie Illustratorin.